QUELQUES CIMES

PAR

P.-C. M.

CHAMBÉRY

IMPRIMERIE BOTTERO, DRIVET & GINET SUCCESSEURS

51, Place Saint-Léger, 51

1886

$\mathcal{N}^o$ ⎯⎯

QUELQUES CIMES

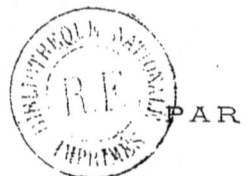

PAR

P.-C. M.

CHAMBÉRY

IMPRIMERIE BOTTERO, DRIVET & GINET SUCCESSEURS

51, Place Saint-Léger, 51

1886

PROLOGUE

Je ne poserai pas sur vos têtes charmantes
Un diadème d'or, de perles étoilé ;
Je ne choisirai pas, pour parer mes amantes,
Le velours chatoyant d'une gaze voilé.

Elles possèdent plus, les cimes rayonnantes,
Plus que la perle fine et que l'or ciselé,
Plus que tous les tissus aux trames éclatantes,
Plus que tout ce que l'art a le mieux révélé.

Sur leurs robustes flancs elles ont les vieux arbres,
Toute une flore étrange aux fissures des marbres,
Et dans leurs frais gazons les larmes de la nuit.

Par le ravissement, vers leurs beautés conduit,
J'effeuille sur leur sein de modestes couronnes,
Où le myosotis se mêle aux anémones.

Le Pas de la Fosse

Au Pas de la Fosse, ivre de soleil,
Un jour de printemps, jour de griserie,
On devrait écrire un sonnet vermeil,
Rempli des parfums de l'herbe fleurie.

L'oiseau jette un cri, le cri du réveil,
Aux longs bêlements de la bergerie;
Les gais papillons, toujours en éveil,
Viennent traverser votre rêverie.

Le Grenier tronqué lève un front hardi
Devant le Joigny, de mousse verdi;
Tous les lacs charmeurs dorment sur leurs grèves;

Au loin, dans le bleu, l'Alpe blanche et or,
Avec majesté, dresse son décor :
On croit entrevoir le pays des rêves.

Le Joigny

J'ai gravi la montagne aux premières lueurs
D'un jour calme, imprégné de fraîcheur matinale.
J'ai trouvé le Joigny tout parsemé de fleurs,
Paré comme un berger pour sa fête natale.

Le matin radieux séchait ses derniers pleurs :
Tout gazouillait, chantait sur ce nouveau Ménale,
Les bouvreuils, les pinsons et les merles siffleurs
Jetaient dans ces concerts la note triomphale.

Les Alpes dessinaient leurs superbes remparts ;
Sur leurs créneaux blanchis traînaient quelques brouillards,
A leurs pieds s'enfuyait l'Isère étincelante.

Et j'étais encore là, quand, au soleil couchant,
Le peuple des oiseaux lança son dernier chant;
Puis le soir descendit sur la terre dolente.

LE GRAND-SOM

O vous, les attristés ! vous que le monde lasse,
Qui sortez, à longs pas, des murs de la cité ;
Gravissez le Grand-Som et vous serez en face
De deux attractions : la croix, l'immensité.

Comme on voit sur les lacs et fondre à leur surface,
Pénétré de soleil, un nuage agité ;
Ainsi vos noirs pensers se perdront dans l'espace,
Chassés par l'air si vif de cette sommité.

La nature, partout bienveillante et sereine,
Accueille la douleur, allége toute peine ;
Nulle part, plus qu'au Som, son trône n'est orné.

Reposez-vous parmi les jonquilles dorées
Et les fleurs d'édelweiss de velours blanc parées :
Vous descendrez de là l'esprit rasséréné.

Dans les Forêts

Je le revois toujours avec son tronc rugueux,
Rongé par les lichens, mais tout fier dans sa pose,
Ce pauvre vieux pommier au branchage noueux,
Blanc de fleurs cependant, et nuancé de rose.

Du bec de quel oiseau distrait ou dédaigneux,
Ce germe est-il tombé dans cette combe close
Par les sveltes sapins, tuyaux clairs et nombreux
D'un orgue que le vent touche en grand virtuose?

J'édifiai longtemps dans mes rêves secrets
Une agreste demeure au sein de nos forêts,
Ouverte aux arts, fermée aux disputes disertes;

Mais ces nobles forêts qui m'enchaînent le cœur,
Dont j'ai tant savouré la sauvage fraîcheur,
Pareilles à la vie, elles étaient désertes.

Oratoire de Saint-Michel

à Curienne

Au bord de la vallée, un rocher nu, superbe,
S'allonge et porte haut un front tout isolé;
Son aspect serait rude et même désolé,
Sans quelque peu de terre où végète de l'herbe.

Sur ce triste rocher, battu du vent acerbe,
Jamais d'un nid joyeux l'oisillon n'a volé
Ou fait retentir l'air de son cri modulé,
Et rares sont les jours qui mûrissent la gerbe.

L'art chrétien, ce fleuron de la foi des aïeux,
A paré ce désert d'un temple gracieux,
Elevé sur l'autel du prince des Archanges.

Le vainqueur du Dragon, ce héros transporté,
Semble, dans son élan de courage indompté,
Nous enlever à lui, loin des terrestres fanges.

Le Lac de la Thuile

A Mlle C. C.

Au mois de juillet, quand le jour décline,
En pénétrant l'air d'un rose charmant,
Vous ne verrez pas vase de la Chine
Plus vermillonné que ce lac dormant.

Bordure de joncs contourne et dessine
Ce miroir limpide où le firmament,
Hêtres et sapins, et cime voisine
Vont se réfléchir amoureusement;

Et les nénuphars brodant les rivages,
Les glaïeuls mêlés aux iris sauvages,
Luttes d'élégance, assauts de couleurs;

Si bien que le lac, par les fortes brises,
Semble soulever sur ses ondes grises,
Luxe virginal, des nappes de fleurs.

LE GALLOPAZ

Du Gallope essorant j'admire l'attitude :
C'est un de ces sommets dont on s'entretient peu,
Où l'on monte encore moins, tant le sentier est rude
Sur sa pente, en dessous de ses parois en feu.

Malgré l'enchantement de cette solitude,
La forêt est ardue et l'on se doit l'aveu
Que le détour est long pour notre lassitude...
Le tentateur est là qui rit sous le ciel bleu.

Pour nous mieux convier, des pics aux mille formes
Encombrent l'horizon de leurs masses énormes.
Quel éblouissement, là-haut, sur le rocher !

L'Arclusaz, le Semnoz, les Voirons, le Salève,
Oh! comme l'on retrouve, ainsi que dans le rêve,
Tous ces monts bien aimés qu'on est venu chercher!

Je veux rafraîchir l'alpestre bouquet
Que j'ai recueilli près des bergeries,
Dans la coupe verte, où le flot discret
Chante sa romance à mes songeries.

Sont-ils donc doués d'un instinct secret,
Pour choisir si bien leurs anses fleuries,
Ces flots embellis par le blanc muguet
Et les doux cressons, fines broderies ?

Ne troublez jamais l'oiseau sur son nid,
Non plus que les flots coulant du granit,
Effrayés déjà d'aller à l'abîme.

Et si le ruisseau prend un air vainqueur,
C'est pour déguiser l'ennui de son cœur;
Car il est formé des pleurs de la cime.

Parcourez les Grands-Monts* et de ce belvédère
Vous aurez devant vous un tableau saisissant,
Richement coloré, d'un large caractère;
Mais regardez plus loin, vers l'ouest bleuissant :

D'abord, c'est Mandallaz, sentinelle sévère,
Veillant le cours du Fier dans les Fins bondissant,
Le Salève, plus haut, que le soleil éclaire,
Faîte mouvementé, vers Mornex fléchissant.

Et plus loin, les Voirons, montagne charmeresse,
Qu'enserrent des forêts, que le Léman caresse;
Où l'on aime à s'asseoir, dans l'air pur, libre et seul.

Mais le brouillard s'élève, affaiblissant l'image
De ces monts entrevus par un ciel sans nuage,
Qui triomphent encor à travers leur linceul.

(*) Monts de Saint-Louis.

6

Cascade de la Doria

a Lovettaz

Si vous l'aviez vue au soleil levant,
Le long du rocher, glisser fugitive,
Puis abandonner son écharpe au vent,
Comme blanche Ondine ou Nymphe furtive ;

Vous auriez voulu, rêve décevant,
Saisir, dans ses bonds, cette image vive :
C'est une vapeur dans l'air s'élevant
Et qui va se fondre en eau sur la rive.

Ainsi nos désirs, même les plus doux,
Vont se dissipant, envolés de nous,
Comme la cascade à l'onde rapide.

Au moins faudrait-il qu'on en pût garder
Les profils pâlis, doux à regarder,
Comme ce ruisseau tombant dans le vide.

LE COL SAINT-SATURNIN

Ce n'est pas le Bruning, oh non! ni Barberine;
Mais, parmi tous les cols, c'est le Saint-Saturnin.
Un rustique oratoire à gauche se dessine,
Qui s'emplit de lumière au lever du matin.

Le col, vers l'orient, prend la sévère mine
De ces noirs défilés cachés dans l'Appenin,
Malgré tout le fracas des eaux dans la ravine,
Passez en souriant : c'est un col citadin;

Rendez-vous d'amoureux évitant les approches
Des bandes d'écoliers jouant parmi les roches :
Que de cris, quels ébats par l'écho répétés!

La jeunesse et l'amour recherchent la campagne;
C'est l'instinct d'un cœur pur qui mène à la montagne
Et fait trouver du charme aux sites écartés.

Le Mont Lachat

Du côté de Méry, les marnes mollissantes
Lui donnent l'air d'un vieux de son feutre couvert ;
Du côté de Vérel, aux sources jaillissantes,
C'est un bel écolier coiffé du béret vert.

Sur les bords effrités des moraines glissantes,
Parmi les buis luisants, un chemin est ouvert.
L'autre va contourner des moissons blondissantes :
Tous deux vous conduiront au talus découvert.

Oh ! dites si jamais semblables charmeries
Ont pu le mieux suffire à plus de rêveries ?
Vous qui donnez du prix au plus humble vélin,

Que ne puis-je, un instant, tenir votre burin
Pour faire resplendir tant de beautés voilées
Et produire, en traits nets, montagnes et vallées.

LES SENTIERS

A Mlle M. C.

On découvre parfois, en courant la montagne,
De ces sentiers touffus qu'on ne peut plus quitter.
Leur fraîcheur nous attire et le sommeil nous gagne...
On entend dans les nids les oiseaux palpiter.

Le guide ne dort pas : son chien qui l'accompagne
Fait vingt fois le trajet que vous venez tenter;
Traverse les torrents, en quelques bonds regagne
Le groupe des marcheurs qu'il prétend escorter.

Quoi, te laisser déjà, sentier où l'aubépine
Eclate dans la haie où rougit l'églantine;
Où la pervenche court en festons te border :

Tout cela sent si bon que tout nous fait envie;
Mais, sentier de montagne et chemin de la vie,
Ni dans l'un ni dans l'autre on ne peut s'attarder.

Le Nivolet

Semblable au sphinx d'Egypte, accroupi pesamment,
Tu restes insensible aux rumeurs de la terre.
Dans ton morne silence et ton isolement,
Quel secret gardes-tu sous cet air de mystère ?

Même aspect de tristesse et de délaissement
Plane en toute saison sur ton front solitaire ;
L'onde même, craintive en son épanchement,
Refuse sa fraîcheur à 'ton sentier austère.

Tu regardes, sans voir, la ville au vieux château :
N'importe quel emblème aux plis de son drapeau ;
Pour toi, que sont les Lys, Aigles, Croix, Coq des Gaules ?

Les évolutions d'un peuple, rien de plus.
Tout le poids effrayant des siècles révolus,
C'est comme un nid d'oiseau sur tes fortes épaules..

LE GRAND REVARD

A Mlle M. V.

Au début du voyage, un chemin sinueux,
Près du torrent venu du mont qui nous domine;
Mouxy, son château neuf, son église, autour d'eux
Des peupliers fluets qu'un souffle d'air incline.

De Joanne, voici les châtaigniers ombreux
Ouvrant une avenue au flanc de la colline.
Plus loin, les bois taillis dans un vieux sol mousseux;
Puis, les sombres sapins au baume de résine.

Quelle paix répandue en ces horizons clairs!
L'azur devient intense aux profondeurs des airs :
On marche environné de spectacles sublimes.

Enfin, de ses glaciers le Mont-Blanc surgissant ;
La fatigue s'enfuit, le cœur est bondissant :
L'âme dans le regard s'envole vers les cimes.

Le Semnoz

On dit qu'en Thessalie une fière déesse
Surprit Endymion sur la terre endormi.
La reine des forêts ressent avec tristesse
Tout son orgueil tomber aux pieds de son ami.

C'est plutôt au Semnoz, dans ses bois pleins d'ivresse,
Que la rencontre eut lieu, que Diane a gémi;
Que, tremblant aux genoux de son enchanteresse,
Le berger s'éveillait immortel à demi.

Mais si tu n'a pas eu tes titres dans l'histoire,
Les arts vont travailler à ta paisible gloire,
Concentrant leurs rayons sur ton faîte irisé;

O mont! que la jeunesse étreint d'un pied agile,
Que Tibulle eût aimé, qu'aurait chanté Virgile,
Que la Fable riante eût idéalisé.

Le Colombier — Le Parmelan

— Ce Rhône turbulent finit par me lasser ;
Quel plaisir peut-il prendre à bouillonner sans cesse ?
— Le Fier et la Filière, au temps de ma jeunesse,
Ne coulaient à mes pieds que pour les embrasser.

— J'aime les longs hivers qui me font délaisser,
— J'aime les longues nuits douces à ma paresse.
— Tous mes blancs cyclamens, amours de ma vieillesse,
Combien d'indifférents accourent les froisser !

— Mes chers rhododendrons, orgueil des Alpinistes,
Tombent sous les ciseaux des petits botanistes !
— Ah ! quel amer penser ! — Quel désenchantement !

— Soit brumes de la nuit, vapeurs de la journée,
Nous ne pouvons nous voir qu'à l'été de l'année.
— Et puis nous retombons dans notre affaissement.

CESSENS

Allez : chaque circuit ménage une surprise,
Par la route, en lacets, où vous devez marcher.
Cessens, sa vieille tour, son château, son église,
Font l'effet d'un tableau posé contre un rocher.

Plus haut que la chapelle où murmure la brise,
Plus haut que les moissons que la faux va coucher,
Plus haut que le chalet à la toiture grise,
Au sommet de ces rocs où l'aigle va nicher;

Regardez : l'étendue attire et vous fascine,
Le paysage est bleu de Chautagne en Semine
Et par delà les champs du fertile Albanais :

Bleu le ciel, bleu le lac, bleus le Rhône et les plages;
Et vous remercîrez ces monts et ces rivages
De tous les plaisirs purs qu'ils vous auront donnés.

La Chambotte

Dans mes excursions et dans tous mes voyages,
Je ne me souviens pas de plus joli chemin,
Bordé de tous côtés, de plus frais paysages,
Que celui qui conduit d'Albens à Saint-Germain.

La colline s'étage en des replis sauvages,
Allons, gravissons-la, l'alpenstock à la main.
Quel oiseau vient chanter sous ces épais feuillages?
C'est le chardonneret au collier de carmin.

Dès le seuil du chalet, tant l'imprévu vous presse,
On s'arrête, songeur, comme sous la caresse
Des contours adoucis de tableaux enchantés.

Vu de ce roc géant, que l'astre du jour dore,
Le lac se rétrécit : on dirait le Bosphore
Etalant de ses bords les suaves beautés.

LES HALTES

Votre élan ne doit pas aller jusqu'à la peine,
La fatigue dispose à l'irritation,
Et, si vous persistez, la défaite est certaine :
Le projet le plus beau tourne à l'aversion.

Une halte en montagne est la source sereine
Où vous viendrez puiser avec émotion,
Plus qu'à la cime même où l'ardeur vous entraîne
Et que déflorerait votre obstination.

Que de plaisirs nouveaux : s'asseoir sous les mélèzes,
Aux lisières des bois où mûrissent les fraises ;
Loin du monde, du faste et de leurs courtisans;

Des coteaux de Saint-Gil, aux croupes ondoyantes,
Voir le grèbe plonger sous les ondes bruyantes,
Ou vers le Gallopaz, s'envoler les faisans.

RUINES DU CHATEAU DE S^T-CLAUDE

J'aime les vieux châteaux perdus dans la légende,
Que le temps a si bien fauché qu'on se demande
Si jamais quelque vie anima leurs lambris,
Superbes autrefois, maintenant en débris.

Sur ces parvis déserts, parfumés de lavande,
Dans ces murs écroulés que le lierre enguirlande,
Où donc la châtelaine entr'ouvrant le chassis,
Pour faire doux accueil au ménestrel épris ?

Bâtissons sur le roc, bâtissons sur le sable,
L'ouvrage édifié n'en sera pas plus stable.
Le siècle fait un pas, tout rentre dans la nuit.

Mais le temps frappe en vain : la vaillante nature,
Accourt, reprend ses droits, répare son injure
En recouvrant de fleurs tout ce qu'il a détruit.

La Butte Chamoux

Ce n'est pas une cime émergeant des coteaux ;
C'est un mont prolongé dont la pente assouplie
Descend vers deux vallons contrastés et fort beaux :
La Suisse d'un côté, de l'autre l'Italie.

O vallons ! bien souvent j'ai franchi vos ruisseaux
En alerte écolier, pour cueillir l'ancolie ;
Ah ! reconnaissez-vous, frémissants arbrisseaux,
Dans ce promeneur lent, à l'allure affaiblie,

Le rêveur de quinze ans, lisant André Chénier,
Ou l'œuvre de Ponsard au pied d'un châtaignier ?
L'avenir, à cet âge, a des portes d'ivoire,

Qui se changent, plus tard, en des portes de fer.
Qu'importe, ô mes vallons ! l'amertume d'hier,
Vos oiseaux ont chanté longtemps dans ma mémoire.

LE COL DU CHAT

Oui, je voulais revoir la route sinueuse
Qui monte du Bourget vers l'Alpe rocailleuse.
Pour cette excursion, je ne sais quel entrain
M'avait, hâtivement, mis le stock à la main.

On était en avril, et la saison frileuse
A peine retirait sa tenture neigeuse.
Quelques palmes de buis à l'arôme si fin
Donnaient un air de fête à l'antique chemin.

Mes regards satisfaits se reportaient sans cesse
Sur ce grand paysage aimé de la jeunesse,
Sur ces dociles eaux chères à son loisir.

Et je cheminai seul par l'abrupte dressière,
L'âme dans le présent, mais le cœur en arrière,
Replié dans ces jours qu'on ne peut ressaisir.

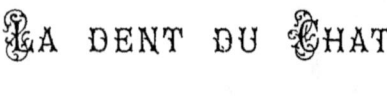

LA DENT DU CHAT

A M. Joseph F.

Le roc urgonien, revêtu de gazon,
Sert de socle à la croix, symbole d'espérance.
Nous avions de ce point une immense horizon,
Avec des pans de ciel pleins de magnificence.

Un chèvrefeuille rose, en riche floraison,
Tout aussi parfumé que l'oranger de Vence,
Apportait jusqu'à nous sa fine exhalaison
Qui nous faisait rêver aux jardins de Provence.

Des rafales de vent coupaient notre entretien ;
C'était un stimulant pour voir plus vite et bien
Et les lacs et les fleuves, et les champs et les villes.

Puis il fallut descendre, attentifs au sentier.
Et j'ai tracé pour vous ce sonnet familier,
Comme un ressouvenir de nos heures agiles.

LES CIMES LOINTAINES

J'ai vu du Mont-Cervin l'énorme pyramide,
Sur tout le Haut-Valais étendre une ombre aride ;
J'ai vu la Meije rose, au relief sans pareil,
Dans les bras des glaciers, endormie au soleil.

Oh ! levé bien des fois à l'aurore limpide,
Afin de mieux saisir sa structure splendide,
J'ai revu le Mont-Blanc sorti d'un court sommeil,
De magiques reflets s'empourprer au réveil.

Ce colosse des monts a plus d'un satellite,
Gloire d'une contrée, ornement d'un beau site :
Le Buet, le Tabor, les Ecrins, le Pelvoux ;

Sommets chers au poète et dont rêve l'artiste,
Eternel désespoir du peintre coloriste ;
Mais j'aime mieux les monts que l'on voit de chez nous.

EPILOGUE

Les premiers froids d'octobre ont rougi les bruyères,
Les bergers inquiets désertent les chalets.
Adieu ! jusqu'au retour des aubes printanières,
Reliefs des horizons, silencieux sommets !

Pourquoi des adieux ? l'art connaît-il des barrières ?
L'un vous retrouvera devant ses chevalets ;
Pour raviver l'émoi des heures matinières,
L'autre profilera vos galbes en sonnets.

Heureux le promeneur que la montagne inspire !
Vous tous qui les lirez, accueillez d'un sourire
Ces feuillets que la brise assemble en son essor,

Glane, sur les hauteurs, recueillie avec joie,
Que je laisse aux amis des cimes de Savoie,
Comme un épi tardif parmi leurs gerbes d'or.

TABLE

www.ingramcontent.com/pod-product-compliance
Lightning Source LLC
Chambersburg PA
CBHW060842250626
47162CB00005B/2147